KU-385-995

Frog and the Wide World / English–Turkish

Milet Publishing Limited
PO Box 9916
London W14 OGS
England
Email: info@milet.com
Website: www.milet.com

First English–Turkish dual language edition published by
Milet Publishing Limited in 2000
First English edition published in 1998 by Andersen Press Ltd

ISBN 1 84059 197 8

Typeset by Typesetters Ltd
Printed and bound in Italy

Kurbağa ve Koca Dünya
Frog and the Wide World

Max Velthuijs

Turkish translation by Dr Fatih Erdoğan

MILET

Fare bir tepeye çıkıp uzaklara, ufka baktı.
"Dünya çok güzel," diye içini çekti. Birden içinde dayanılmaz bir dürtü hissetti.
Gitmeliydi. "Yolculuk zamanı geldi," dedi kendi kendine.

Rat stood on the top of a hill and looked out towards the horizon.
"The world is quite beautiful," he sighed. And at once he felt restless.
"It is time for me to go on my travels."

Ertesi sabah erken kalktı. Çantasını yolculuk sırasında kendisine gerekli olabilecek yiyeceklerle doldurdu. Sonra da yeni yeni maceralar aramak üzere yola koyuldu.

Early the next morning, he filled his rucksack with things he might need, and provisions to last him the journey. Then he started on this way, eager for adventure.

Çok uzaklaşmamıştı ki, birinin onu çağırdığını duydu. “Heeey, bekle beni!”
Dönüp baktı. Kurbağa’ydı bu. Koşarak geliyordu.
“Fare!” dedi Kurbağa. “Nereye gidiyorsun?”
“Uzaklara,” dedi Fare. “Şu koca dünyada yeni maceralar aramaya.”

He hadn’t gone far when he heard a shout. “Wait for me!” He looked round, and saw Frog hurrying towards him.
“Rat!” said Frog. “Where are you going?”
“Out into the wide world,” said Rat. “To seek adventure.”

“Ben de seninle gelebilir miyim?” dedi Kurbağa heyecanla.
“Kesinlikle olmaz!” dedi Fare. “Böyle bir yolculuk için çok ufaksın sen.”
“Lütfen, Fare, lütfen. Ufak olabilirim ama çok güçlüyümdür ben. Çantanı taşırım.
Hem, yolculuklar iki kişi ile daha eğlenceli olur.”

“May I come with you?” asked Frog in great excitement.
“Absolutely not!” exclaimed Rat. “You are far too small for such a long journey.”
“Oh, please, Rat. I’m small but I’m strong. I’ll carry things. And two is more fun than one.”

“Peki öyleyse gel,” dedi Fare. “Ama çabuk yürü, geride kalma!”
Böylece iki arkadaş şu koskoca dünyaya doğru yola koyuldular. Kurbağa çantayı taşıyor, Fare de yolu gösteriyordu. “Çok hoş,” dedi Kurbağa bir süre sonra. “Burası yaşadığım yerlerden çok farklı. Hiç bu kadar uzağa gelmemiştim.”

“Come on, then,” said Rat. “But don’t fall behind!”
So together the two friends went out into the wide world. Frog carried the rucksack and Rat led the way. “This is pretty,” said Frog after a while. “It’s different from home.” He had never been so far afield before.

Biraz daha yürüdükten sonra Kurbağa oturdu. "Acıktım," dedi. "Yemek yemeyecek miyiz?"
"Ne?" diye bağırdı Fare. "Daha yola yeni çıktık!"

After they had walked a little further, Frog sat down. "I'm hungry," he said. "When can we have lunch?"
"What?" exclaimed Rat. "We've only just started our journey!"

Yine de çantadan iki fıstık ezmeli sandviç çıkarıp verdi. Bir ısırık da kendisi alsa fena olmazdı. "Unutma," dedi Kurbağa'ya. "Tıka basa doymak yok. Daha yolun başındayız."

All the same, he took two peanut-butter sandwiches from the rucksack. He was ready for a bite to eat himself. "It's only a snack, mind," he said sternly. "We still have a long way to go."

Az sonra yine yola koyuldular. Kurbağa, “Yaklaştık mı?” diye sordu.
“Nereye?” dedi Fare. “Koskoca dünyaya,” dedi Kurbağa.
“Dur bakalım,” dedi Fare. “Daha yeni yola çıktık.”

When they had finished, they set out once more. “Are we nearly there?” asked Frog.
“Where?” replied Rat. “The wide world,” said Frog.
“How can we be?” said Rat impatiently. “We’ve hardly left home.”

Yürüyüşleri sona erdiğinde güneş batmak üzereydi. Kurbağa yere serildi.
"Yoruldum ben," dedi. "Daha fazla gidemem. Ne zaman eve döneceğiz?"
"Eve dönmek mi?" dedi Fare. "Eve dönmeyi unut! Geceyi burada geçireceğiz."

When they stopped walking, the sun had almost set. Frog collapsed on the ground.
"I'm tired. I can't walk any further," he moaned. "When are we going home?"
"Home?" Rat was astonished. "None of that! This is where we're going to spend the night."

Fare kuytu bir yer beğendi ve ikisi de yattılar. Az sonra Kurbağa'nın sesi duyuldu: "Fare, ben uyuyamıyorum." "Gözlerini kapat ve sevdiğin şeyleri düşün," dedi Fare. Kurbağa öyle yaptı, ama işe yaramadı. Tuhaf sesler geliyordu kulağına. Belki arslan . . . Belki de kaplan sesleri . . .

Rat chose a comfy spot and they both lay down to rest. "Rat," said Frog after a little while, "I can't sleep." "Close your eyes and think of your favourite things," said Rat. Frog tried but it didn't work. He could hear strange noises. It was probably lions . . . or tigers.

Sabah olduğunda Kurbağa yerinden kalkmak istemedi. Ama Fare çok kararlıydı. Kalkıp tepeyi aştılar, koca dünyaya doğru ilerlediler. “Artık gelmiş miyizdir?” dedi Kurbağa soluk soluğa. “İlgisi yok,” dedi Fare. “Eğer koca dünyayı tanımak istiyorsan, çok dirençli olmalısın.”

When morning came, Frog didn’t want to get up. But Rat was firm, and off they set, up hill and down dale, into the wide world. “Are we nearly there now?” panted Frog. “Not nearly,” said Rat. “If you want to see anything of the wide world you have to persevere.”

Birden gökyüzü karardı. Güneş bulutların arkasında kayboldu ve yağmur önce çiselemeye ardından da bardaktan boşanırcasına yağmaya başladı. İki arkadaş saklanacak bir yer aramaya koştular.

Suddenly, the sky grew dark. The sun disappeared behind the clouds and it began to rain, softly at first but then harder and harder. The two friends rushed for shelter.

Islanmaktan kurtulmuşlardı, ama Kurbağa üşüyordu.
"Evimiz şimdi nasıldır acaba?" dedi özlemle. "Domuz ne yapıyordur acaba? Ördek'le Tavşan da?"
"Yağmur dindi," dedi Fare. "Haydi!"

They were dry but Frog was cold.
"I wonder how things are at home," he said wistfully. "I wonder how Pig is? And Duck and Hare?"
"The rain has stopped," said Rat. "Come on!"

Yürüdüler, yürüdüler ve kayalıklarla kaplı ıssız dağlara geldiler. Tırmandılar, indiler, çıktılar. Fare, “Ne hoş bir manzara, değil mi?” diye sordu. Ama Kurbağa’dan yanıt gelmedi, çünkü tepetaklak düştüğü için bir şey görmüyordu.

They walked and walked until they came to some wild, deserted mountains. Up they clambered, over rocks and stones.
“Look at this! Isn’t this fantastic?” called Rat. But Frog had fallen, head over heels, and couldn’t see anything.

“Ayağım kırıldı galiba,” diye ağlayarak yürüdü. Topallıyordu.
“Çok acıyor. Yürüyemiyorum.”
“Böyle fazla gidemeyiz,” diye homurdandı Fare. “En iyisi ben seni taşıyayım.”

“I think my foot is broken,” wept Frog as he stumbled on.
“It hurts so much, I can hardly walk.”
“This will get us nowhere,” grumbled Rat. “From now on, I’ll carry you.”

Kurbağa'yı sırtına aldı ve yola koyuldu.
"Domuz bugün pasta yapmış olabilir," dedi Kurbağa. "Acaba Ördek ve Tavşan ne alemdeler? Birlikte ne güzel eğleniyorduk."

He lifted Frog onto his back and marched on.
"Perhaps Pig is baking a cake," said Frog. "And I wonder what Duck and Hare are doing? We always have such fun together, at home."

"Tüm yaşamını buralarda geçirdin," dedi Fare ona. "Şimdi başka diyarlara gidiyoruz. Çevrene bak. Ne kadar güzel, değil mi? Üstelik daha önce hiç görmediğin yerler . . . "

"You have the rest of your life to sit around at home," said Rat. "Right now, we're on our way to foreign lands. Look around you! See how beautiful it is? And everywhere is the unknown."

Sonunda yumuşak çimenlerin olduğu bir yere geldiler. Fare Kurbağa'yı yere indirdi. "Yoruldum," dedi. "Burada uyuyalım."

When at last they reached a grassy plain, Rat put Frog down. "I'm exhausted," he said. "We shall sleep here."

"Burada mı?" dedi Kurbağa hayal kırıklığıyla. "Evimde benim için dünyanın en güzel yatağı dururken . . . " Ama o da çok yorgun olduğu için az sonra uyuyakaldı.

"Here?" asked Frog, dismayed. "At home I have the best little bed in all the world . . . " But Frog was tired, too, and he soon fell fast asleep.

Ertesi sabah uyandıklarında, kurbağa berbat bir yığın halindeydi.

But when they awoke the following morning, Frog just sat there in a miserable heap.

"İyi değilim," dedi Fare'ye. "Hastayım ben. Koca dünyayı merak etmiyorum. Evimi özledim ben!"
"Böyle bir yolculuk için çok küçüksün," dedi Fare. "Hasta değilsin, yalnızca hasret çekiyorsun."

"Rat, I'm not well. I feel so ill. I don't want to go to the wide world. I miss home so much!"
"You're just too small for a trip around the world," said Rat. "You're not ill, you're homesick."

"Hasret mi?" Kurbağa korkuyla yerinden sıçradı. "Çok kötü bir şey mi bu?"
"Hayır hayır," dedi Fare. "Eve döner dönmez geçer, merak etme."
"Evim, evim . . . " Kurbağa kendi kendine mırıldandı.
"Tamam tamam," dedi Fare. "Haydi dönüyoruz."

"Homesick?" Frog jumped up in alarm. "Is that very bad?"
"Not very," said Rat. "You'll be better once you're home."
"Home . . . " murmured Frog dreamily.
"That's it," said Rat. "We're going back."

Kurbağa'yı taşımak gerekmiyordu artık. Ayağa dikilmişti bile. Fare gülmekten kendini alamadı.
Kurbağa, "Ama sen dönmek istemezsin herhalde," dedi Fare'ye.
"Yo, yo," dedi Fare. "Ben de oraları biraz özledim galiba. Böylesi daha iyi olacak."

Frog didn't need to be carried any longer. He bounded on ahead, back to Pig and Duck and Hare. Rat had to laugh.
"Do you mind going back?" asked Frog.
"No, no," said Rat. "I was also missing home a bit. That's how it should be."

Saatler süren yürüyüşün sonunda Kurbağa çığlık çığlığa bağırdı: "İşte, geldik bile!"
Uzaktan kendilerini bekleyen Domuz, Ördek ve Tavşan'ı gördüler. Kurbağa sanki kanatları varmış gibi uçarcasına onlara doğru koştu.

At last, after hours of walking, Frog gave a shout. "Look! We're nearly there!"
And, sure enough, in the distance they saw Pig and Duck and Hare waiting for them.
Frog flew towards his friends as if he had wings.

“Hoş geldiniz!” dedi Tavşan. “Yolculuğunuz nasıldı?”
“Harikaydı!” dedi Kurbağa. “Koskoca dünyamız çok güzel.”

“Welcome home!” called Hare. “How was your trip?”
“Fantastic!” sang Frog. “The wide world is so beautiful.”

“Ne maceralar yaşadık bilseniz . . . Arslanlar, kaplanlar . . . ”
“Haydi içeri gelin,” dedi Domuz. “Hepsini anlatın bize. Pasta yapmıştım.
Herhalde açsınızdır.”
Bu tam da Kurbağa’nın duymak istediği bir şeydi.

“And we’ve had *such* adventures. There were lions and tigers and . . . ”
“Come inside at once,” said Pig, “and tell us all about it. I have just baked a cake and you must be hungry.”
That was just what Frog wanted to hear.

Masaya oturup Domuz'un nefis pastasını yemeye koyuldular. Bu sırada Kurbağa onlara yaşadıkları fırtınayı, nasıl kahramanca davrandıklarını, tırmandıkları dağları ve nefis manzaraları anlattı. "Ama yine de ev gibisi yok," dedi. Kendini küçük ve sıcak yatağında düşlüyordu bunları söylerken.

They sat around the table eating Pig's delicious cake, while Frog described the terrible storm and how brave they had been; the mountains they had climbed and the sights they had seen. "But there's still no place like home," said Frog, and he thought happily to himself of his own, nice, warm, little bed.